LES

FÊTES DE L'OLYMPE,

SUIVIES

DE LA NYMPHE DE LA SEINE

ET LA VILLE DE PARIS.

LES
FÊTES DE L'OLYMPE,

POEME EN DEUX CHANTS;

SUIVI

DE LA NYMPHE DE LA SEINE

ET DE LA VILLE DE PARIS,

ODE

A l'occasion du Mariage de NAPOLÉON-LE-GRAND
avec S. A. I. l'Archiduchesse MARIE-LOUISE
d'Autriche,

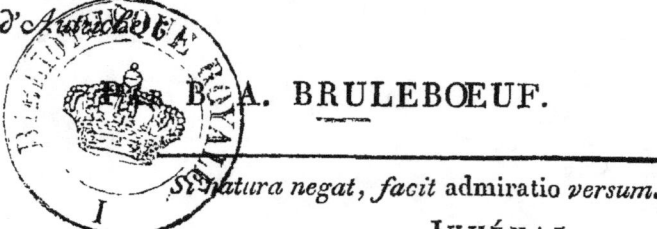

Par B. A. BRULEBOEUF.

Si natura negat, facit admiratio *versum.*
JUVÉNAL.

PARIS,
DE L'IMPRIMERIE DE GILLÉ.

Octobre 1810.

PRÉFACE.

La composition de ce poëme est une innovation grave en littérature. C'est la première fois, je pense, qu'on a mêlé ensemble le récit et le chant, l'épique et le lyrique. Je demande grâce pour une telle hardiesse. Si on ne la trouve pas favorable aux développemens de la poésie, si j'ai mal réussi, ce poëme sera un diminutif de l'ode. Mais si quelqu'autre, avec de grands talens et de la flexibilité poétique, y obtient des succès, ce sera un genre neuf et imposant, digne de tenir le milieu entre l'ode et le poëme épique.

Sommes-nous donc si richement dotés en littérature, que nous ne puissions en varier les genres? Combien nous en cultivions autrefois qui sont maintenant dédaignés. Ceux qui nous restent sont les meilleurs, sans contredit ; mais suffisent-ils aujourd'hui que tant d'illustres écrivains les ont pour ainsi dire épuisés? Est-ce en pareil cas que l'abondance peut nuire, comme on veut qu'il en soit des poëmes descriptifs et didactiques.

Parlons sans feinte. Ils sont immenses les torts que font parmi nous ces derniers à la haute poésie, à la poésie épique et dramatique. Ce nouveau genre, s'il était adopté, pourrait ce me semble les réparer en partie. Tout y doit tendre au jeu des passions, des contrastes et des effets. Le descriptif n'y sert qu'à lier les objets entr'eux, encore le chant y supplée-t-il plus heureusement. La scène y peut changer à volonté, et d'une manière semblable à l'épopée ; manière qui n'est jamais fatigante, et qui n'est pas celle du poëme descriptif ou didactique, puisque ces poëmes ne varient que par la couleur et jamais par le ton.

Ce genre épique et lyrique se rapprochera plus de la haute poésie, en ce qu'il ne servira qu'à traiter de grands tableaux d'histoire, de grands évènemens, et même des fables antiques. Un beau trait y prêtera, parce qu'il pourra être tracé largement avec le secours du mystérieux, du chant, et que le ton de l'inspiration s'y placera de lui-même.

Il aura une étendue proportionnée, et ne comptera guère que deux chants; car autrement ce serait empiéter sur le poëme épique, sans espérance d'atteindre à sa noble régularité, et encore moins de l'égaler.

Il tiendra du poëme épique, et il amènera peut-être un jour les Français à en composer d'immortels, en ce qu'il aura une action précisée ; et, comme le veut Aristote, un commencement, un milieu et une fin : principe essentiel, méconnu comme on sait des poëtes descriptifs et didactiques.

Il sera l'évènement d'un jour, comme il pourra renfermer l'action de moins d'une année.

Il réunira, dans sa poésie libre, le gracieux au sévère, le dramatique et le récit; et le chant même y sera l'action.

Enfin il confondra en lui-même le ton de la cantate, du dithyrambe, de l'ode et du poëme épique, sans nuire en aucune manière à chacun de ces genres en particulier. Il pourra, dans sa perfection, balancer la leur, mais jamais la faire oublier; pas plus que le poëme épique, dans sa perfection, ne peut faire oublier lui-même ces différens genres.

Ou je m'abuse, ou de telles considérations ne sont pas à dédaigner.

Les poésies descriptives et didactiques ont assez régné dans notre littérature. Si d'un côté elles l'ont enrichie, de l'autre elles lui ont beaucoup fait perdre. Hé! qui douterait que ces genres faciles, pour lesquels il ne faut savoir faire que des vers bien brillans et bien sonores, n'aient produit depuis un demi-siècle la décadence de la haute poésie, et n'aient empêché le style épique, et même le génie, de briller en France. Il ne faut que de l'esprit et de l'agrément dans le style pour obtenir des succès descriptifs et didactiques; le génie y serait déplacé, et ne s'y trouve jamais.

Fatal aveuglement! nous courons au-devant d'un genre qui paralyse le génie, qui l'étouffe : nous accueillons avec empressement des frivolités qui l'attèrent. Homère, lui-même, se ferait à peine entendre au milieu du bruit confus de nos versificateurs modernes. C'est à qui dira le plus de jolis riens et de bagatelles enluminées. Nous sommes inondés de ces feuilles bigarrées de descriptions futiles et de froids préceptes pris, repris et pillés dans tous les livres où il fallait les laisser; tandis que, semblable à un squelette décharné, le génie, écrasé sous ce fatras immense, jette un regard mourant sur la nation qui le dédaigne et le méconnaît, et qui prend pour excuse le prétexte honteux qu'elle n'a pas de génie.

Le Français n'a pas de génie ! il n'a pas la tête épique ! ... c'est avec cette perfide croyance que chaque jour une foule de jeunes auteurs s'élance dans une carrière dont les limites sont dèslors si rapprochées. La médiocrité le leur a dit. C'est elle qui, la première, a prononcé cet arrêt trompeur et dérisoire pour colorer son impuissance. Si Voltaire a senti ses veines glacées dans une entreprise épique, c'est qu'il n'avait, au lieu des marques distinctives du génie, *l'aptitude au travail et à la méditation*, que de l'esprit et beaucoup trop de facilité à faire des vers. Et personne n'a appelé de cet arrêt foudroyant ! et personne n'a démenti les barbares !

Espérons que les Français sortiront bientôt de leur coupable inertie ; et que l'impulsion donnée aux esprits par un grand-homme, amènera chez eux ce résultat si désirable. Alors nos voisins ne nous reprocheront plus de n'avoir que de l'esprit.

Je termine en deux mots. Si ce poëme, dans son espèce, réunit les suffrages des littérateurs, il est juste et louable de l'honorer du nom de celui qui le premier l'a inspiré : nom illustre, qui recommanderait à la postérité le poëme *Napoléonien*.

DISCOURS PRÉLIMINAIRE.

Lorsque toute la France retentit encore des chants de l'hyménée ; lorsque l'ivresse des peuples et le noble enthousiasme des enfans d'Apollon consacrent la plus auguste alliance que l'Europe ait vu naître, sera-t-il permis à l'un des plus humbles serviteurs des Muses de mêler sa voix à celle des plus célèbres poëtes de cette mémorable époque ? De quoi peut servir après eux l'accord tardif d'une lyre indigente, si ce n'est à faire ressortir, d'une manière plus éclatante encore, la plénitude, la magnificence et l'élévation de leurs chants.

Harmonieux disciples de Linus et d'Orphée, quels lauriers me reste-t-il à moissonner sur vos pas ? Je n'y vois plus qu'un champ resserré, aride et désert dont l'indulgence a marqué la limite. L'audacieux qui la voudrait franchir trouverait la honte au front baissé, aux pieds agiles, toujours prête à se cacher.

Chastes nymphes du Permesse, parlez: sera-t-elle le prix de ma folle témérité ? dois-je craindre que, m'enveloppant de ses ailes empreintes de repentirs et de larmes, elle ne m'entraîne sur ses pas dans les gouffres affreux du Lethé... S'il était vrai que tel dût être mon sort, reprenez, Muses, reprenez ce luth divin que ma main osa voir ravir, et dont je n'ai pu tirer d'assez nobles accens. Retirez de moi vos infidelles promesses ; éloignez-vous d'un profane que vos charmes n'ont pu dignement inspirer. J'abjure à jamais votre culte ingrat et ma fatale erreur. Les fleurs qui naissent en foule sous vos rians portiques ne seront plus arrosées de mes mains, et mes offrandes inutiles ne fatigueront plus vos mystérieux autels.

Des larmes amères ont roulé dans mes yeux. Mon cœur, plein d'amertume, a rejeté tout espoir. Il a renié ces touchantes consolatrices de ma vie, ces divinités secourables par qui ma jeunesse s'écoule comme un beau jour sans orages. Mes mains vont briser ce talisman précieux, doux objet de soulagement dans mes peines, et qui me fut donné pour réparer les outrages de l'aveugle fortune . . . .

« Arrête ! dit une voix que je reconnais soudain, « arrête, et garde-toi d'accomplir un sacrifice auquel » ni toi ni moi ne pouvons plus souscrire. J'ai tes ser- » mens, tu as reçu mes promesses. Si tu les oublies, » dois-je en perdre le souvenir ? Faible mortel ! » jeune insensé ! qu'osas-tu donc prétendre en te » livrant à moi ? Tu ne comptes pas encore cinq » lustres, et déjà tu es avide d'une gloire que je n'ai » pu te promettre ! Cesse tes plaintes, et ne cesse pas » tes offrandes. Tes plaintes ne peuvent me toucher, » tes offrandes me plairont tant que tu voudras me » plaire. Je t'ai appelé à me connaître lorsque tu en » étais encore indigne ; depuis, j'ai favorisé tes efforts : » Je puis un jour les couronner. Mon art est un champ » sans limites : le plus agile et le plus actif y trouve le

» plus de lauriers. Il n'en est plus de rapprochés ;
» il faut avancer pour en cueillir d'impérissables.
» Mais, et je veux bien te le dire, parmi les mortels
» qui n'y peuvent atteindre, je distingue et je préfère
» ceux qui s'égarent au loin dans la carrière. Ne t'ar-
» rête donc point à l'entrée : marche toujours. Ne
» dédaigne pas aujourd'hui le tribut que tu viens de
» me payer. Qu'il soit pour toi le signal d'une noble
» émulation, en même-tems qu'il doit être l'orgueil
» de ta pensée. Songe que, si j'ai inspiré de plus illus-
» tres chants que les tiens, il doit suffire à ta gloire
» d'avoir célébré, sans contrainte et d'après ton
» cœur, l'évènement le plus auguste et le plus heu-
» reux dont les peuples garderont la mémoire. Pour
» n'avoir pas atteint à la hauteur du sujet, te croirais-
» tu terrassé ? Regarde ce jeune Athlète, vainqueur
» dans des jeux en l'honneur et sous les yeux d'Her-
» cule : s'il n'est pas assez élevé pour placer sur le
» front du héros colossal la couronne, prix de son
» triomphe, il orne des fleurs les plus belles le
» piédestal de la statue du Demi-dieu, et cet
» hommage n'en est pas moins agréable au fils de
» Jupiter. »

LES
FÊTES DE L'OLYMPE,
POËME EN DEUX CHANTS.

CHANT PREMIER.

ARGUMENT.

La Discorde évoque les divinités infernales, et les excite à répandre
de nouveau leurs fureurs sur la terre. -- Rébellion des enfers. -- Vénus
monte au séjour de l'Olympe, et intercède auprès de Jupiter afin de
faire échouer de coupables projets. --Elle obtient du Roi des Dieux l'or-
dre, qu'elle provoque, d'unir par les plus doux liens deux grands
peuples faits pour s'estimer. -- Elle prend avec l'Amour son vol vers
l'Ister, et découvre Schœnbrun, séjour des vertus et berceau de
Marie-Louise.

Dans son antre profond la Discorde s'agite;
Elle en sort, et la terre a gémi sous ses pas.
　　　Tremblez, Peuples et Potentats!
Le repos des humains et l'offense et l'irrite.
C'est sur vous que sa voix appelle les combats;
C'est sur vous qu'elle étend, des rives du Cocyte,
　　　La faulx sanglante du trépas.
« Sombres Divinités du ténébreux empire,

Mégère, Tisiphone, implacable Alecton,
Brisez, fuyez les fers du farouche Pluton.
Accourez, suivez-moi, je prétends vous conduire.

       » Venez, impitoyables sœurs,
      Infatigables Euménides,
      Saisissez vos serpens vengeurs,
Vos flambeaux dévorans, vos poisons parricides;
Il est tems ! La Discorde appelle vos fureurs.

       » Du spectacle des homicides
      Venez repaître vos regards.
      Voyez le sang de toutes parts
      Inonder ces plaines arides :
C'est là ce que, tantôt, a produit mon pouvoir.
      J'ose à peine le concevoir !
Deux peuples s'estimaient : dans une paix profonde,
Unis et tout-puissans ils gouvernaient le monde:
J'ai troublé leur repos, j'ai trompé leur espoir;
      Et ma fureur, que tout seconde,
Des combats meurtriers leur a fait un devoir.

       » Par-tout la flamme et le carnage
      Signalent leurs dissensions.
      Combien la mort, sur ce rivage,
      A dévoré de bataillons !
      Combien du Styx le Dieu terrible
      A ma puissance irrésistible
      Doit de triomphes éclatans!
      Sur son front quelle horrible joie,
      A l'aspect des flots de mourans
      Que la Discorde lui renvoie!

» Mais, suis-je assez vengée? Ai-je assez des Germains,
Ai-je assez des Français ensanglanté les armes?
      J'ai vu suspendre leurs alarmes;

J'ai vu leurs guerriers plus humains,
Fatigués de lauriers, les arroser de larmes.
De l'odieuse Paix entendraient-ils la voix,
 Et sur le cœur de ces guerriers timides
  Perdrais-je ici mes droits ?
Non, je suis la Discorde; et je prétends, perfides,
  Malgré vous, parricides,
 Armer vos bras pour de nouveaux exploits.

 » Allons ! mes sœurs, et montrons qui nous sommes;
Renouvelons de funèbres horreurs.
  N'attendons pas que, chez les hommes,
 La Paix fasse aimer ses douceurs.
Inspirons aux vaincus une nouvelle audace,
  Irritons les vainqueurs;
  Que des montagnes de la Thrace
Mars revienne en ces lieux répéter ses fureurs.
  Victoire !... ô toi que je rappelle,
  Fais leur payer cher tes faveurs !
Qu'ils teignent de leur sang, qu'ils baignent de leurs pleurs
Le prix de leurs efforts, une palme immortelle.
 Courez, volez, impatiens soldats !
Amans de la Victoire, elle guide vos pas.
 Plus on la suit, plus on la trouve belle :
  Oubliez, oubliez pour elle
  La Paix et ses plus doux appas ».

Elle dit : L'enfer s'ouvre, et des flancs de la terre
Une épaisse vapeur s'élance vers les cieux,
  Et court allumer le tonnerre.
Il éclate. La foudre éclaire de ses feux
Du plaintif Achéron le rivage odieux;
  Et les Gorgones et Cerbère,
  Et la redoutable Chimère

Lançant au loin des éclairs sulfureux;
Mille fantômes ténébreux,
Surpris de revoir la lumière;
Et Caron, sur un roc affreux,
Qu'entoure des trois Sœurs le cercle sanguinaire.

     ,, Du maître des rois
     Tremblantes victimes,
     De vos noirs abîmes
     Sortez à ma voix.
     Jupiter barbare,
     Sur vous, au Ténare,
     Frappe, étend ses coups :
     Libres, sur la terre,
     Bravez son tonnerre
     Et son vain courroux.

,, Jouets de sa fureur et de sa tyrannie,
     Qui vous chassa des cieux,
    Chez les mortels, enfans des Dieux,
    Venez vous faire une patrie.
Quand jadis de l'Olympe il osa me bannir,
Je promis, dans mon cœur, de venger cet outrage :
Je l'ai fait, et je règne. Osez donc me servir :
     Osez servir ma rage.
Que la terre avec moi du ciel vous dédommage.
Les Dieux sous Jupiter ne savent qu'obéir :
     Le monde est à moi sans partage,
Et du cruel Ammon je m'y venge à loisir ,,.

Tout s'émeut aux accens de la Discorde impie.
Pour la première fois, dans cet affreux séjour,
L'Euménide oublia d'assouvir sa furie;
Ixion respira, l'infortuné Titye

De son sein renaissant vit s'enfuir le Vautour;
Et du roi Danaüs les filles criminelles
Purent, de leur supplice éloignant le retour,
Gonfler de pleurs amers les ondes infidelles.

Cependant, lorsqu'au sein des enfers irrités,
A la rébellion, les pâles déités
S'excitent, dans l'espoir de ravager le monde,
La reine de Paphos, Vénus, fille de l'Onde,
Sur un char éclatant d'amours environné,
Attache les regards de l'Olympe étonné.
Autour de Jupiter, assis en cercle immense,
Les dieux semblaient attendre, en un profond silence,
Les décrets immortels du père des humains.
A l'aspect de Vénus, ses redoutables mains
Déposent lentement la foudre qui murmure;
Un doux frémissement agite la nature;
Et le front du monarque, oubliant sa fierté,
Se rajeunit d'amour et d'immortalité.

« Ma fille, digne objet de l'amour le plus tendre,
Demandez, lui dit-il, vous pouvez tout prétendre.
Dois-je de votre empire étendre encor les droits?
Tout ressent, ô Cypris! vos bienfaisantes lois.
Les Dieux et les mortels vous ont pour souveraine,
Et la terre et les cieux, voilà votre domaine
Mais, parlez. Que faut-il pour combler vos souhaits?
Quel peuple est à punir? de quels torts indiscrets
Venez-vous réclamer la soudaine vengeance?
Dites, le châtiment égalera l'offense.
Faut-il des élémens employer le concours,
Des fleuves détournés précipiter le cours,
Engloutir sous les eaux, dévorer par la flamme
Les ennemis nouveaux, craints d'une autre Pergame?

Je puis tout : Commandez. Le Styx en est garant ;
Vous parlerez, j'aurai dégagé mon serment ».

» O Roi des immortels, lui répond la Déesse,
La vengeance n'est pas le soin qui m'intéresse.
Mes regards sont tournés vers un plus noble but ;
La Paix sera toujours mon plus doux attribut.
Gardez pour les Titans vos foudres toujours prêtes ;
Aux pirates des mers réservez les tempêtes,
De tous les élémens accablez leurs vaisseaux :
Voilà nos ennemis, auteurs de tant de maux !
Pour deux peuples, tous deux épris de la victoire,
Pour deux peuples rivaux de sagesse et de gloire,
Pour deux peuples guerriers j'implore vos bontés.
L'un est le fier Germain, aux savantes cités,
Orgueilleux de son nom, digne de ses ancêtres,
Intrépide aux combats et fidelle à ses maîtres.
L'autre est ce peuple aimable et terrible à la fois,
Le vainqueur de la terre enchaînée à ses lois.
Comme l'aigle rapide, image de sa gloire,
Il plane dans les airs, et vole à la victoire.
Là, chaque soldat compte et vaut seul un Hector.
Leur chef vaut une armée ; et, quoique jeune encor,
Grand, c'est Agamemnon ; courageux, c'est Achille ;
Impétueux, Ajax ; sage, le roi de Pyle.
Ses succès inouis surpassent, calculés,
Le nombre des guerriers devant Troie immolés.

» Hélas ! pourquoi faut-il qu'une horrible mégère
Ait armé deux États sous qui tremblait la terre !
Des peuples que toujours l'amitié dût unir.
Deux princes généreux peuvent-ils se haïr ?
Arrêtez ! suspendez vos discordes sanglantes !
Français, interrompez vos courses triomphantes ;

Germain, retiens tes coups. Superbes ennemis,
Magnanimes rivaux, trop long-tems désunis,
Soyez frères ! voyez l'aigle de Germanie
A l'aigle des Gaulois qui dans les airs s'allie;
Et l'écharpe d'Iris, dissipant les éclairs,
De leur sainte alliance avertir l'univers.

« O père des humains, auteur de la lumière !
Noble fils de Saturne, écoute ma prière.
Jette un œil de pitié sur tant de nations
Misérables témoins de leurs dissentions;
Accomplis mes desseins pour deux peuples que j'aime.
Désarme un bras terrible, ou plutôt Mars lui-même.
Permets que de l'Ister, sur le char des amours,
J'amène au Roi des Francs le gage des beaux jours,
Des vertus, de la paix; le garant salutaire
Du bonheur de la France et de toute la terre. »

A ces mots de sa voix expirent les accens,
Et ses yeux sur son sein retombent languissans.
Elle craint, elle espère; et son trouble décèle
Une grâce de plus, une beauté nouvelle.
Mais le Dieu la rassure, et lui parle en ces mots :
« Allez, ô Cythérée, amante des héros !
A de pareils desseins j'accorde mon suffrage.
La beauté seule a droit d'enchaîner le courage,
Et de vaincre un héros qui n'a point de vainqueur.
Amenez de l'Ister, en présent à son cœur,
La fille des Césars, ornement de leur trône:
Une telle conquête est plus qu'une couronne. »

A ce discours soudain tout l'Olympe applaudit.
Jusqu'au fond des enfers la Discorde en frémit;
Et sa fureur dès-lors étonnée, indécise,
Remet à d'autres tems sa coupable entreprise.

La Déesse s'incline ; et, quittant Jupiter ,
Son char, que suit l'Amour, s'élance vers l'Ister.

Près des lieux où, grossis par de fréquens orages,
Ses flots ont dépassé leurs immenses rivages ;
Sur ces bords couronnés de somptueux jardins
Où brille avec orgueil la cité des Germains ;
Non loin de ces remparts, de ces plaines riantes
Qui virent, du Croissant, les défaites sanglantes,
Aux jours que l'Infidelle, en ses desseins jaloux,
De Sobieski vainqueur alluma le courroux, (1)
S'élève de Schœnbrun le royal édifice.
De ses dons fortunés, sage modératrice,
La Nature a placé dans ce brillant séjour
Ses attraits les plus doux, et Minerve sa cour.
C'est là que, des Germains, le monarque paisible
Dépose de son rang la contrainte pénible,
Et se livre aux douceurs d'un agreste repos.
Là, de sa jeune épouse, et d'un noble héros, (2)
L'amour et l'amitié, doux charme de la vie,
Versent leurs plaisirs purs dans son ame attendrie.
Là, tel qu'Alcinoüs, monarque vertueux,
Il jouit du bonheur de ses peuples heureux,
Et des embrassemens d'une illustre famille.
Sous ses yeux paternels, dans son jeune âge brille,
LOUISE, amour des siens, honneur de sa maison.
Sur son front virginal, d'une heureuse union
Cythérée a déjà placé l'auguste emblême,
Et du monde et des Francs l'éclatant diadême.

---

(1) Les Turcs assiégèrent Vienne en 1529 et 1683 avec une armée de 200,000 hommes. Le Prince Palatin fit lever le premier siège : Sobieski, roi de Pologne, et le duc Charles V de Lorraine firent lever le second, après avoir totalement défait les barbares.
(2) Le Prince Charles, frère de S. M. l'Empereur d'Autriche.

Son père l'en croit digne ; et, fier de ses attraits,
Lui lègue ses vertus, son amour pour la paix.
Mais qu'elle va coûter de pleurs à sa tendresse !
L'hymen lui doit ravir cette aimable princesse :
Il le sait. Possesseur d'un si rare trésor,
Prêt à s'en séparer, il l'enrichit encor.
Aux devoirs les plus saints l'instruisant dès l'enfance,
Des beaux arts dans son sein il nourrit la semence.
Le germe en est éclos, et la fille des Rois
Les verra sur le trône obéir à sa voix ;
De toutes les vertus elle y sera l'exemple.
Ainsi croissait LOUISE. Un père la contemple,
Et la voit s'embellir dans le sein de la paix :
Comme on voit dans les champs, sous un bocage épais,
Un lys, amour des Dieux, à la sève odorante,
Balancer dans les airs sa tête éblouissante.

A l'aspect de ces lieux, l'immortelle Cypris
Retient son char, admire, et s'adresse à son fils :
« Toi, plus que Jupiter, Amour, maître du monde,
« Que dans ce jour, mon fils, ton pouvoir me seconde.
« Pendant que de ces bords, en signe de la paix,
« Je conduirai LOUISE au monarque Français ;
« Va, cours de ce héros préparer la tendresse.
« Qu'il aime ! qu'au seul nom d'une illustre princesse,
« Son grand cœur désarmé se soumette à l'amour. »

Elle dit ; et déjà, sur un rayon du jour,
Le portrait de LOUISE à ses yeux étincelle.
Apollon l'a tracé de sa main immortelle.
Vénus l'orne à son tour de myrtes favoris,
Et, pour un prince aimé, le remet à son fils,
Qui, posant sur son cœur l'image qu'il révère,
Sourit, et pour la France abandonne sa mère.

CHANT DEUXIÈME.

ARGUMENT.

L<small>A</small> Discorde irritée pénètre dans le camp des Français ; et, sous la figure de Bellone, veut exciter leur chef à reprendre les armes. -- L'Amour triomphe et d'elle et du cœur du Monarque. -- Vénus arrive au Palais de Schœnbrun. -- La plus auguste alliance y est décidée. -- Vénus quitte les bords de l'Ister emmenant avec elle l'épouse, choisie par les Dieux, pour le plus grand des Monarques. -- Entrevue des illustres Epoux. -- Jupiter bénit leur hymen. -- Solennités de l'Olympe. -- Chant allégorique des Muses.

L<small>A</small> Nuit d'un voile obscur enveloppait les cieux,
Le sommeil subjuguait les Mortels et les Dieux,
La Discorde veillait. Seule, au milieu du monde,
Elle exhalait sa rage et sa douleur profonde.
„ Quoi ! l'univers échappe à mes hardis complots,
Disait-elle ; et j'irais, dans un lâche repos,
Ensevelir ma honte et pleurer ma défaite.
Les gouffres des enfers sont ma seule retraîte,
Mon seul asile, à moi qui voyais en espoir
Sur les mondes détruits s'établir mon pouvoir.
Quel odieux séjour ! et j'y pourrais descendre.....
Que j'y précède au moins tout l'univers en cendre !
Arrêtons les desseins de l'altière Vénus.
Rendons pour cet hymen ses efforts superflus :
Il en est tems encor. Du Héros de la France,
Occupons à-la-fois l'esprit et la vaillance.

Éloignons de son cœur l'image de la Paix
Qui, même au sein des camps, ne le quitte jamais.
Opposons les lauriers d'une auguste origine
Aux myrtes amoureux que Vénus lui destine.
Que de nouveaux exploits, proposés à son bras,
Dans le camp des Germains précipitent sespas. »
Elle dit, et revêt une éclatante armure,
Couvre d'un casque d'or sa longue chevelure,
Et dans cet appareil vole au quartier des Francs.

Leur monarque invaincu s'offre à ses yeux errans.
Seul, au milieu des siens, dans l'ombre du silence,
D'un peuple généreux il plaignait la souffrance.
» C'est assez, disait-il, étendre mes succès.
Germain, j'ai vu tes pleurs, et je t'offre la paix :
Elle est digne de **toi quand** c'est moi qui la donne ».
La Discorde l'entend. Elle a pris de Bellone
Le port audacieux et les mâles attraits.
Elle approche, et fixant le monarque français :

» Que fais-tu, lui dit-elle, ô toi, dont la prudence
Veille dans ces climats au destin de la France.
Toi, proposer la paix! quand ces bords ennemis
A ta vaste puissance, à tes lois sont soumis ;
Lorsque, de toutes parts, mes palmes toujours prêtes
Marquent devant tes pas de nouvelles conquêtes?
M'abuserais-je, ô ciel! Ton char victorieux
Dans sa marche recule, et s'arrête en ces lieux.
Serais-tu las de vaincre? et, trahissant ta gloire,
Voudrais-tu préférer la paix à la victoire?
Triomphe encor! triomphe! et, pour dicter la paix,
Étends jusqu'à l'Indus ta gloire et tes succès.
Portes-y tes drapeaux : j'y cours, et vais attendre
Dans trois mois, sur ces bords, un nouvel Alexandre ».

Déjà de son adresse elle goûtait le fruit.
Le héros hésitait ; par ses discours séduit,
Du signal des combats il émouvait la terre ;
Lorsque, sur un nuage éclatant de lumière,
L'Amour descend des cieux. Envoyé de Cypris,
Des attraits de LOUISE, au monarque surpris,
Il découvre soudain l'étincelante image.
L'effet en est rapide ; et le fer qui s'engage
A l'aimant qui l'attire, agit moins promptement
Que l'amour du héros à ce tableau charmant.
„ Ah ! c'en est fait, dit-il, je cède à ton empire,
Amour, vainqueur des Dieux, toi qui viens me sourire.
De LOUISE, en tous lieux, on vante les bienfaits :
Les vertus de LOUISE égalent ses attraits ;
J'en crois mon cœur. *Français, aimez celle que j'aime.*
France ! tu l'aimeras bientôt pour elle-même „.

De biens, de volupté,
Amour, source féconde,
Ton pouvoir a dompté
Le plus grand roi du monde.
De son cœur agité,
La blessure profonde
Est sa félicité.

La nature est soumise
A tes aimables lois.
Tu parles ; et ta voix,
Amour, la fertilise.
Dans les vertes saisons
Ton souffle fait éclore
Les timides boutons
De l'empire de Flore ;
Et de Pomone encore
Tu fais mûrir les dons.

Aux antres de Lybie,
Du lion irrité
Tu calmes la furie;
Et sa férocité
Cède à la volupté
Qui fait aimer la vie.

Deux peuples désunis,
Et, par le sort des armes,
En proie à mille alarmes,
L'un de l'autre ennemis;
Par tes nœuds pleins de charmes
Souvent, séchant leurs larmes,
Sont devenus amis.

De biens, de volupté,
Amour, source féconde,
Ton pouvoir a dompté
Le plus grand roi du monde.
De son cœur agité,
La blessure profonde
Est sa félicité.

Aux accens du héros, la Discorde bannie,
Va cacher loin du camp sa rage encor trahie.
NAPOLÉON y vole, et prononce ces mots :
« Reposez-vous, soldats, de vos nombreux travaux;
La paix succède enfin aux discordes sanglantes.
Tournez vers nos foyers mes aigles triomphantes ».
Il dit, et l'olivier qui fleurit dans sa main,
De la paix qu'il annonce est le gage certain.

Laissons de ces guerriers les nombreuses colonnes
En tribut à la France apporter des couronnes,

De leur chef belliqueux l'amour guider les pas,
Et du choix de leur maître instruire ses états :
Retracez de Vénus la marche solennelle,
Muses ; volez aux lieux où Jupiter l'appelle.

Aux bosquets de Schœnbrun, sur l'Ister parvenu,
De la fille des mers le char est descendu.
Elle arrive, et des jeux annoncent la Déesse.
Tout un peuple fidelle autour d'elle s'empresse,
Bénit de ses desseins les présages flatteurs,
Et lui trace au Palais une route de fleurs.

Chantre des dieux, Homère, ô prête-moi ta lire !
Que sous mes doigts elle respire ;
De ses chants immortels qu'elle embrâse mes sens.
Sans elle, hélas ! sans ton brûlant délire,
Sans elle, hélas ! puis-je décrire
Tout ce que je ressens ?

Oui, seul tu pourrais dire, astre de Méonie,
L'étonnement secret de la belle Cypris,
Lorsqu'à ses yeux surpris
Parut dans tout son jour l'éclatante MARIE.

Quoi ! tant d'attraits aux graces réunis
Seraient d'une mortelle !
Vénus n'est pas plus belle :
L'Amour même s'y fut mépris.

Peuples heureux, vous qu'attend son Empire,
Peuples, chantez : elle est à vous !
LOUISE, avec un doux sourire,
Accepte de Vénus un invincible époux.

Dieux protecteurs de l'hyménée !
Vous avez garanti la foi qu'elle a donnée.
    LOUISE, au pied de vos autels,
A juré le bonheur du plus grand des mortels,
Et du bandeau des rois sa tête est couronnée.

Tout un peuple sur elle a fixé ses regards ;
Tout un peuple déjà voit en elle sa mère.
De cantiques sacrés s'emplit le sanctuaire,
    L'encens fume de toutes parts....
Il monte dans les cieux en colonne légère :
Qu'il y porte l'ivresse et les vœux de la terre !

Jeunes filles, chantez ! chantez, heureux vieillards !
    L'Hymen qui, par un nœud prospère,
Unit aux fils des Dieux la fille des Césars,
    Unit entr'eux les peuples de la terre.

    Suspendez, Muses, vos accords.
Cythérée a parlé : LOUISE est auprès d'elle,
Et sur son char bientôt va suivre l'Immortelle.

« Fertile Ister, tes heureux bords
Ont vu de son hymen la pompe solennelle :
Cède, LOUISE, aux vœux du Prince qui l'appelle.
    Lorsqu'elle emporte tes regrets,
  Reçois les siens pour un peuple qu'elle aime.
    Elle porte un cœur aux Français
    Qu'elle partage avec toi-même :
Sur la Seine et l'Ister elle aura des sujets ».

Mais c'en est fait ; déjà, de sa fille chérie,
Le monarque Germain a reçu les adieux,
Et LOUISE a quitté son père et sa patrie.
Qui l'en consolera ? son époux glorieux.

Noires divinités des infernales ondes,
Retournez pour toujours dans vos grottes profondes,
N'espérez plus troubler le paisible Univers.
Sur le char des Amours, LOUISE couronnée,
Commande en souveraine à la terre étonnée,
Et l'orage a cessé de gronder dans les airs.

Elle part : des méchans, la cohorte tremblante,
Devant elle recule et pâlit d'épouvante.
Elle veut : à sa voix la Discorde est aux fers.
De la mégère impie une horde sanglante
   L'entraîne expirante
   Au fond des enfers.

Compagnes de Cypris, volez, grâces légères !
   Volez aux rives étrangères.
Sur les bords de la Seine annoncez, à-la-fois,
   Vénus et la fille des rois !

   Zéphirs, de vos douces haleines,
Faites de mille fleurs éclore les boutons.
   Que Flore parfume les plaines,
Et couronne les champs des plus riches festons.

   De ses guirlandes printannières
Décorez vos chemins, vos fortunés remparts,
Orgueilleuses Cités ! ô vous qui, les premières,
Salûrez dans vos murs la fille des Césars.

   Montrez-vous, brillante jeunesse !
   Fidelle à l'amour, aux combats.
   Autour du char de la Déesse,
   Hâtez vous de porter vos pas.

Vaillante élite de la France!
Rajeunissez vos fronts guerriers.
Joignez le myrte à vos lauriers :
LOUISE ainsi l'ordonne en signe d'alliance.

Que l'airain tonne dans les airs!
Promettons que jamais sa coupable furie
N'arrachera Bellone au séjour des enfers :
C'est notre ivresse qu'il publie,
Et qu'il annonce à l'Univers!

Des Français cependant le monarque suprême,
Actif en son repos, conduit par l'amour même,
Impatient, s'élance aux lieux où, sur ses bords,
L'Aisne, d'un peuple entier, entend les doux accords.
Aux plaines de Soissons Vénus est descendue.
Quel objet du héros soudain frappe la vue !
Il reconnaît LOUISE.... « O vous qui, dans mon cœur,
Balancez et la gloire et son charme vainqueur,
Comme elle sur mon ame exercez votre empire :
Vous chérir l'une et l'autre est le but où j'aspire.
Mon peuple vous attend; il aime en vous mon choix :
La beauté sur le trône y dictera mes lois.
Tempérez du pouvoir l'appareil trop sévère :
Père de mes sujets, je leur donne une mère. »
Il parle, et sur son front éclate son amour.

» Fils des Dieux, Roi des Rois, dit Vénus à son tour,
Jupiter a comblé ta plus chère espérance.
Si ton bonheur manquait au bonheur de la France,
Le plus grand des humains en est le plus heureux.
Au choix de ton amour vois applaudir les cieux ;
Vois, sur ton front illustre, une main immortelle
Bénir de ton Hymen la pompe solennelle;

Vois l'Olympe assemblé qui m'attend dans les airs.
Époux ! à vos liens applaudit l'univers.

Faites des vœux, peuples du monde !
Mortels, prosternez-vous ; du souverain des Dieux
Entendez la foudre qui gronde.
Voyez l'Olympe radieux,
Où monte Vénus triomphante,
Ouvrir à vos regards sa pompe éblouissante.
Pour quels desseins mystérieux
Cet appareil qui vous enchante ?
Nobles époux, peuples heureux,
Jupiter parle : il comble votre attente.

„ La reine des Amours a rempli ses projets,
L'union la plus belle est encor son ouvrage.
C'est à mon pouvoir, désormais,
Par d'impérissables bienfaits
De cimenter ce brillant assemblage,
Cette union des plus puissans attraits
Avec le plus noble courage.

„ Louise, à tes désirs je souscris en ce jour.
Je permets que, des cieux quittant l'heureux séjour,
Et Minerve et la Bienfaisance
Marchent à tes côtés sur le sol de la France.
Auprès de ton époux, compagnes de tes pas,
Elles ajouteront un lustre à tes appas.
Près de toi, sur le trône, elles feront encore
Et l'admiration d'un peuple qui t'adore,
Et le bonheur de deux États.

„ Et toi, mon fils, toi qui remplis la terre
Du bruit de tes faits glorieux ;
Qui, pour en instruire les Dieux,

Dans ma main immobile a ravi le tonnerre,
Ton immortalité s'élève jusqu'aux cieux :
J'y souscris; et je donne à ton bras valeureux
        Le sceptre de la terre.
A ton cœur généreux, source de tes destins,
Le pouvoir d'achever tout le bien qu'il peut faire
        Pour le bonheur des humains.
De ma toute-puissance, heureux dépositaire,
Du monde désormais le sort est dans tes mains. »

Il dit: et, protecteur de sa divine race,
De son trône d'azur il bénit les époux.
Tout l'Olympe applaudit. Les peuples, à genoux,
De chants religieux font retentir l'espace.
Quand soudain, des sommets éclairés du Parnasse,
Les Muses préludant à des accords nouveaux,
Et mariant leur voix à leur danse légère,
        Chantent ainsi le sort prospère
    Du fils d'Alcmène, et ses nombreux travaux:

        » Vainqueur de ses puissans rivaux,
        Alcide a donc purgé la terre
        Des monstres que, dans sa colère,
        Junon déchaîna contre lui!
        Du monde et l'Idole et l'appui,
        Quelle sera sa récompense?
        Que Jupiter la lui dispense :
        Tel est le cri de l'univers.
    Pour le héros, vainqueur de nos alarmes,
    Pour le héros qui sut briser nos fers,
Et par qui de la Paix nous savourons les charmes,
        Que les vastes cieux soient ouverts !
    La voix du monde est la voix du ciel même.
    Junon abjure une aveugle fureur;

Jupiter parle : et , monarque suprême ,
Il récompense un fils qu'il aime ,
En l'associant au bonheur.

      » Au lumineux Olympe, assis près de son père ,
Alcide voit Hébé : l'Amour parle au Héros.
La Déesse est le prix de sa flamme sincère ,
Et l'immortalité le prix de ses travaux ».

FIN DES FÊTES DE L'OLYMPE.

LA

NYMPHE DE LA SEINE,

ET

LA VILLE DE PARIS,

ODE

A l'occasion du Mariage de NAPOLÉON-LE-GRAND *avec S. A. I. l'Archiduchesse* MARIE-LOUISE *d'Autriche,*

Présentée à Leurs Majestés le 2 Avril 1810, lors de leur entrée à Paris.

LA NYMPHE DE LA SEINE

ET

LA VILLE DE PARIS,

ODE.

LA NYMPHE.

CITÉ souveraine du monde,
Amour du plus grand des Césars,
D'où naît l'orgueil de tes remparts?
D'où provient en ce jour ton ivresse profonde?
Au zèle qui t'anime, à de si vifs transports,
A l'aspect de ces rois parés du diadème,
Vois-je, des dieux, la cour suprême
Descendre de l'Olympe, et visiter mes bords?

Jamais la pompe orientale
N'offrit, aux regards du soleil,
L'éclatant et riche appareil
Dont vient de s'embellir ma rive triomphale.
Pour qui tous ces apprets? Quels prodiges nouveaux
Opèrent dans tes murs cette métamorphose?
Je vois, sur mes bords, une rose
Qu'un amoureux laurier couvre de ses rameaux.

Du sein de mon liquide Empire,
Je vois l'Hymen avec l'Amour
Quitter les cieux pour ton séjour,
Et, de fleurs couronnés, tendrement me sourire.
„ O Nymphe! disent-ils, en planant dans les airs,
Réjouis-toi! l'espoir, l'heureux vainqueur du monde
Donne, sur ta rive féconde,
Une mère aux Français, la paix à l'univers „.

Déjà, sous d'immenses portiques,
Ceints de myrtes et de lauriers,
J'entends un peuple de guerriers
Porter jusques aux cieux ces accens prophétiques :
„ Français! de votre maître adorez les décrets.
Chérissez ce qu'il aime; et qu'une paix durable
De cette union mémorable
Consacre le bonheur, et le vôtre à jamais „.

Par cette foule qui s'élance
Au devant d'un char tout poudreux,
J'entends former les mêmes vœux :
Mais quel objet sourit à son impatience?
Là, César par la gloire et l'amour couronné,
Là, près de lui, s'avance une jeune immortelle
Qui, de cette pompe nouvelle,
Ornement enchanteur, tient ce peuple étonné.

Quelle est-elle cette déesse
Qui frappe mes regards surpris,
Et qui dans tes murs, ô Paris!
Entre, et cause aujourd'hui cette vive allégresse?
Quelle suite brillante elle amène en ces lieux!
Comme déjà les cœurs volent sur son passage!
Parle, vois-je sur mon rivage
Ou Minerve ou Vénus, ou la Reine des Dieux?

LA VILLE DE PARIS.

Tu les vois toutes dans LOUISE,
L'objet aimé du roi des rois;
Dans LOUISE, le digne choix
D'un Prince, à qui sa main par l'amour fut promise.
Par Minerve formée aux plus rares vertus,
Du sang des Empereurs elle tient sa noblesse;
Et ses vertus et sa sagesse
Surpassent les attraits dont l'embellit Vénus.

Du puissant Héros de la France
Elle a captivé les regards;
Et c'est dans les plaines de Mars
Qu'il projetta pour nous cette heureuse alliance.
Ainsi, quand la Victoire obéit à sa voix,
Il reçoit dans ses bras l'ennemi qu'il estime;
Et tendre, autant que magnanime,
LOUISE est le seul prix qu'il met à ses exploits.

Digne à jamais d'une couronne
Par ses vertus et par son rang,
Elle vient d'unir par le sang
Deux états divisés qu'elle arrache à Bellone.
La fille des Germains, au Monarque français,
Apporte du bonheur la semence féconde:
Pour dot il lui porte le monde
A qui son bras vainqueur a procuré la paix.

Oui, la Discorde et les alarmes
Ne troubleront plus l'univers;
Contre le seul tyran des mers
Tous les rois de la terre élèveront les armes.

Et, dût-il éviter le destin qui l'attend,
Il verra, pour saper son injuste puissance,
Qu'il suffit de cette alliance,
Du bonheur de l'Europe éternel monument.

De ton orgueilleuse rivale,
Nymphe, les bords se sont émus.
Tant d'honneurs sur toi répandus
Causent à la Tamise une terreur fatale.
Son front jadis superbe, aujourd'hui sans fierté,
A vu pâlir l'éclat de la gloire factice
Que sur la fraude et l'artifice
Elle fonda long-tems avec impunité.

LA NYMPHE.

Que ne met-elle à ses alarmes
Un terme heûreux et souhaité ?
Libre, que n'a-t-elle accepté
La paix, dont l'univers goûte à jamais les charmes ?
Lorsque d'un œil jaloux elle voit ma splendeur,
Ma puissance par elle à jamais affermie,
Mes trésors et mon industrie,
Que n'est-elle envieuse aussi de mon bonheur ?

Que veut son impuissante haine ?
Ses efforts seront toujours vains.
Connaissez vos heureux destins,
O valeureux Français ! ô cité souveraine !
Du chef des immortels j'entends encor la voix ;
Sa parole céleste en mon cœur se réveille.
O nations ! prêtez l'oreille ;
Sachez du Roi des Dieux les immuables lois.

La blonde et diligente Aurore
Ouvrait les portes du matin,
Phébus échappait de mon sein;
Mes naïades en pleurs le retenaient encore.
Le tonnerre au loin gronde : il agite mes flots;
L'onde écume. L'effroi m'appelle sur mes rives,
Tandis que mes Nymphes craintives,
A l'appareil d'un Dieu se cachent sous les eaux.

Alors, au travers d'un nuage,
Je vois la foudre et les éclairs,
Et le livre de l'univers;
De l'immortel Ammon je reconnois l'image.
« Nymphe, rassurez-vous, dit-il, avec douceur.
Ne craignez rien d'un père, ô ma fille chérie !
Que plutôt votre onde fleurie
Ressente les effets d'un arrêt bienfaiteur.

» Assez d'exploits m'ont fait connaître
Le Français, peuple aimable et doux.
Qu'avec orgueil il voie en vous
Le Tibre des Romains dont César est le maître.
Sous son heureux empire espérez les bienfaits
Qu'il aime, en fils des Dieux, verser sur la nature.
Un lit de fleurs et de verdure
Vous fera surnommer le fleuve de la paix.

» Nymphe, tressaille d'allégresse !
Sur tes rivages embellis
Vois la bienfaisance et les ris
Accourir sur les pas d'une illustre princesse.
Elle arrive; et déjà, de son joug amoureux,
Tes peuples ont en elle aimé leur souveraine.
LOUISE est l'amante et la reine
Que l'hymen réservait à la couche des Dieux.

» Sous ce couple adorable et juste
Les peuples, contens de leur sort,
Verront les jours de l'âge d'or
Renaître comme aux tems de Nestor et d'Auguste.
La France alors, aux yeux de l'univers surpris,
La France opposera l'éclat d'une couronne,
Joignant aux lauriers de Bellone
Les palmes de Minerve, et celles de Cypris.

» La beauté, près de la puissance,
Fn fera sentir les douceurs;
Tous deux s'attacheront les cœurs
Par les liens sacrés de la reconnaissance.
Les vœux seront pour elle, et tous les bras pour lui;
Tous deux seront l'orgueil, l'amour de la patrie.
Elle en sera mère chérie,
Comme il en est la gloire et le fidelle appui.

» Les arts, la publique industrie,
Seront par eux encouragés;
Et de leurs temples protégés
Sortiront l'abondance et les fleurs du génie.
Le commerce verra s'aggrandir ses rameaux,
Le culte ses autels, et l'État ses domaines.
La paix sourira, dans les plaines,
Aux guerriers protecteurs des rustiques travaux.

» De la glorieuse alliance
Des Germains avec les Français,
Bientôt ces peuples satisfaits
Verront sortir un fils digne de sa naiss nce.
De l'auteur de ses jours il aura la valeur,
Il aura les vertus qu'on admire en sa mère;
Il sera grand comme son père,
Et comme lui, des Rois, le modèle et l'honneur.

» Dans une chaîne fortunée
Époux unis , toujours heureux ,
Ils verront leurs derniers neveux ,
Nobles fruits d'un illustre et fécond hymenée.
Respectés au dehors , chéris de leurs sujets ,
Exemples tous les deux de vertus et de gloire ,
Leurs noms , immortels dans l'histoire ,
Seront déifiés dans le cœur des Français. »

STANCES

SUR

LA FÊTE DE S. M. L'IMPÉRATRICE MARIE-LOUISE.

LE 25 AOUT 1810.

La nuit achevait sa carrière,
L'Aurore avançait dans les cieux,
Et sur les monts silencieux
Répandait lentement sa douteuse lumière;
Quand, des fêtes d'un peuple, instruisant l'Univers,
Le redoutable airain a grondé dans les airs.
Le signal est donné ! de votre Souveraine
    Montrez-vous dignes en ce jour,
    Français ! vous qui de son amour
    Conservez, pour marque certaine,
La paix que son hymen fixe dans ce séjour.

    Cité, dont la splendeur étonne
    L'astre dispensateur des jours,
    Revêts tes plus riches atours,
Des plus brillantes fleurs que ton front se couronne.
Fais passer ton ivresse au cœur de tes enfans.....
Mais ton sein retentit de leurs pieux accens,
Déjà leur foule immense inonde tes portiques;
    Et, pour un couple glorieux,
    Porte jusqu'au trône des Dieux

Le pur encens de ses cantiques,
Quand la voix de Dieu même y répond dans les cieux.

C'est elle qui dit à la terre :
» J'ai formé l'homme du destin ;
» J'ai placé mon sceptre en sa main,
» Et j'ai livré le monde à sa valeur guerrière.
» A ses peuples heureux j'ai promis l'âge d'or ;
» A son règne la force et l'âge de Nestor ;
» J'ai mis à ses côtés une épouse fidelle
» Par qui, des rois victorieux,
» Il est des rois le plus heureux.
» De leur union immortelle,
» Peuples, un fils naîtra pour vos derniers neveux ».

C'est encore la voix sublime
De l'arbitre de l'Univers
Qui dit aux despotes des mers :
» Je briserai des mers le sceptre illégitime.
» Je conduirai le bras du fils de mon amour ;
» Il traversera l'onde ; et, libre à son retour,
» L'Océan de ses flots unira les deux mondes.
» A leurs paisibles pavillons
» Retraçant d humides sillons,
» Ma main conduira sur les ondes
» Le commerce et les arts, trésors des nations ».

La voix, au séjour des orages,
S'arrête et meurt à ces accens.
L'impie, aux regards menaçans,
A renié la foudre et bravé les naufrages :
Il périra. La France, à cet arrêt des cieux,
Soulève avec amour un front religieux,
Puis fait au sein des jeux éclater son ivresse.

La joie anime les regards ;
Et les plaisirs de toutes parts
A ta fête, illustre Princesse,
Rassemblent dans leurs goûts les fils et les vieillards.

Mais déjà le ciel se colore
Des feux de l'azur le plus doux ;
Semblable à l'immortel époux
Qui marche, radieux, près du char de l'Aurore,
NAPOLÉON, couvert de myrte et de lauriers,
Offre sa jeune épouse aux yeux de ses guerriers.
De leurs cris belliqueux retentit le rivage ;
Le glaive étincelle en leurs mains.
LOUISE, tes regards divins
Ont rajeuni leur vieux courage,
Et l'immortalité leur ouvre ses chemins.

A ces guerriers, que sa présence
Appelle à de nouveaux exploits,
L'opulente cité des rois
Des filles de Lutèce oppose l'innocence.
O vous qui respirez la paix et la candeur !
LOUISE, en tous les tems, accueillit la pudeur :
Approchez, contemplez l'éclat qui l'environne.
Sa beauté, son rang, ses aïeux
N'ont pas, sur son front glorieux,
Attaché seuls une couronné
Que ses rares vertus lui méritaient des Dieux.

Telle on voit la rose éclatante
Régner sur l'empire des fleurs
Moins par l'éclat de ses couleurs,
Que par le souffle exquis de sa feuille odorante :
Flore en vain a sur elle épuisé tous ses dons,

Tout le cède aux parfums qu'exhalent ses boutons.
Que l'amoureux Zéphir mollement y repose,
  Séduit par de rians attraits ;
  Zéphir n'y reviendra jamais,
  S'il n'a savouré de la rose
Les parfums dont son aile embaume les guérets.

SONNET

SUR

LA COLONNE NAPOLÉONIENNE

DE LA PLACE VENDOME.

L'HONNEUR du nom romain, l'exemple des grands rois ,
TRAJAN , qui d'Alexandre éclipsa la mémoire ,
Jusqu'alors , couronné par la publique voix   ,
Tenait le premier rang dans l'immortelle histoire.

NAPOLÉON paraît. Ses rapides exploits
Font douter s'il n'est pas le fils de la Victoire.
C'est Numa, c'est Titus, c'est Trajan à-la-fois :
De tous trois, à lui seul, il a vaincu la gloire.

Dans l'enceinte de Rome, un monument pompeux
Offrait encor Trajan et sa gloire à nos yeux ;
NAPOLÉON commande, et Rome est dans Lutèce.

L'airain monte en colonne : il porte dans les cieux
Le moderne César devant qui tout s'abaisse,
Le monde est à ses pieds, il est auprès des Dieux.

www.ingramcontent.com/pod-product-compliance
Lightning Source LLC
Chambersburg PA
CBHW061707180626
46818CB00003B/1289